Ye   411

FLEURS DE SAVOIE

FLEURS DE SAVOIE

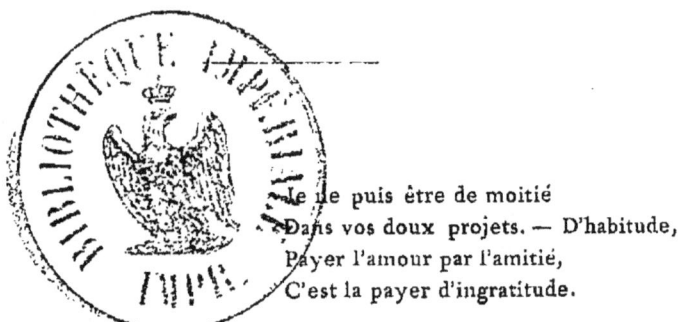

Je ne puis être de moitié
Dans vos doux projets. — D'habitude,
Payer l'amour par l'amitié,
C'est la payer d'ingratitude.

LYON

IMPRIMERIE LOUIS PERRIN

6, RUE D'AMBOISE

1869

AU MARQUIS DE VALFONS

DÉDICACE

A ELLE

Avant que de vous voir mon âme était flétrie ;
Mon cœur tout engourdi ne croyait plus aimer.
Eh bien, si vous saviez aujourd'huy que je prie,
Quel nom divin, quel nom tout bas j'aime à nommer.
Au Dieu juste et clément qui voit mon trouble extrême,
Je redis votre nom, je le dis à genoux ;
Prier, c'est vous aimer, c'est dire : « Je vous aime,
« Cher ange, et je voudrais donner mon sang pour vous ! »

Château-Renard, le 10 octobre 1860.

LA FOI

Adorable en son beau sourire
Et rayonnante devant moi,
Il semble que je l'entends dire :
« Je dois vous croire, étant la Foi ! »

La Foi qui ne sait pas médire,
Pour qui l'indulgence est la loi,
Et qui, de son côté, soupire
Après ce mot si beau , « Je croi ! »

Je ne suis dure ni farouche,
Mais je suis fière, en vérité,
Comme un cœur hautement porté.

Et cependant j'ai sur la bouche
Le pardon, baiser du Seigneur ;
Parlez donc, et n'ayez pas peur.

ESPÉRANCE

Il est une vertu, comme vous douce et belle,
  Lui dis-je encore un peu tremblant,
Mais moins grave peut-être, & surtout moins rebelle,
  Quoique toujours vous ressemblant.

Comme un pur diamant son regard étincelle,
  A la fois si clair, si brillant,
Qu'il est le charme même, et vraiment elle est celle
  Qu'on aime rien qu'en la voyant.

  On l'aime, on l'aime, et puis encore,
  Ce n'est point assez, on l'adore,
Et les plus fiers de tous l'ont priée à genoux.

  Priée ainsi que la Madone
  Qui toujours console et pardonne;
Espérance ! Espérance ! au moins si c'était vous !

CHARITÉ

Or, a mon tour, je crus entendre
Comme un reproche, — mais charmant,
Une voix à l'accent bien tendre
Et qui me répondait. — Vraiment.

Vous ne savez guères comprendre,
Pauvre poète ! — Heureusement
La charité va vous apprendre
A nous tourner un compliment.

En nous le poète devine
La vertu, la grâce divine
Et l'éternelle vérité.

Cet amour aimant qui nous aime,
Car toutes trois sommes la même :
Espérance, — Foi, — Charité.

AU CHRIST

O Christ! ô doux Seigneur, le grand amour humain!
Vous qui dites aussi : « Console, crois, espère ; »
Vous l'étoile jetant sa lueur au chemin,
Lorsque le pèlerin hésite et désespère.

Vous qui, toute sanglante, étendiez votre main,
Laissant couler ce sang en pardon sur la terre,
O Jésus, tendre et bon, Jésus, Jésus divin,
Au nom de votre croix abrégez mon calvaire !

Prosterné devant vous, je pleure, et, je le sais,
Je dépense mon âme en des vœux insensés.
Et pourtant j'ai l'amour aussi, la foi profonde.

Rendez-moi donc l'espoir, cet espoir merveilleux,
Flamme pour tous les cœurs, rayon pour tous les yeux,
Ce grand reflet de vous, illuminant le monde.

DOLOROSA

Lᴏʀsǫᴜᴇ je serai mort, tout autour de ma tombe
De faux amis viendront; et d'hypocrites pleurs,
— Semblables à la pluie insensible qui tombe, —
Me diront l'abandon de l'homme et ses douleurs.

Oh! non, non, n'est-ce pas? Je souffre et je blasphème,
Je suis ingrat. — Pardon! — Car c'est toi qui viendras,
Disant : « Sous cette terre est là celui qui m'aime. »
Des larmes de regret alors tu pleureras.

Et ces larmes du cœur, — ces larmes égrenées
Dans la rosée, — alors un ange les prendra,
Qui précieusement à Dieu les portera.

Alors le Dieu puissant, maître des destinées,
T'aimera comme moi, — sans doute, — et, souriant,
De ces larmes fera des perles d'Orient.

MYOSOTIS

LA petite fleur bleue et blanche
Qu'on agaçait d'un doigt coquet,
Comme pour prendre sa revanche
Sortit sa tête du bouquet.

« Je puis parler très-bien, dit-elle ;
« Posez-moi donc, pour le savoir,
« A vos cheveux, dans la dentelle.
« Essayez, — et vous allez voir. »

Ce qui fut fait. — A son oreille
Elle entendit, tout doucement,
La petite fleur sans pareille
Et son gentil chuchottement.

« Je viens à vous, en messagère,
« Disait la fleur. — Ecoutez bien. —
« On craint l'amitié passagère.
« Un vilain mot qui ne vaut rien.

« Et l'on m'envoie en suppliante
« Je le dis entre nous, tout bas,
« A vous la belle rayonnante,
« Moi, pauvre, ne m'oubliez pas »

ÉPITAPHE

Un nom! — Pourquoi? — Laissez-moi l'ombre.
Sur la croix sainte je ne veux
Rien! — Le silence et la nuit sombre
Ce sont les derniers de mes vœux.

www.ingramcontent.com/pod-product-compliance
Lightning Source LLC
Chambersburg PA
CBHW061525170626
46811CB00004B/1848